水都　網谷厚子

思潮社

水都

網谷厚子

思潮社

目次

カバー写真＝髙田有大　扉絵＝福地靖
装幀＝思潮社装幀室

水都

太陽《てぃだ》の王

遙か東の彼方　海深く石段が　下へ下へと続く　光も届かない　真っ暗闇から　細く長い足を軽やかに上げ　駆け上がってくる　男がいる　真っ平らな紺碧の水面から姿を現すと　日に焼けた厚い胸を張り　そのまま両手を広げ　顔を天に向けて　空高く昇って行く　弧を描くようにその弧の最も高いところでぴたり止まり　眠そうに大きな眼を見開く　眉毛は太く　一本墨で引いたよう

で　顔を下に向けて島々を見下ろす　乾いた土を川の水で潤し　人々が耕している　麦　粟　豆　黍　飢えることのないように　季節ごとに種を蒔き　刈り取る頃に島の木々をなぎ倒し　家を根こそぎ浚っていく　大風大波がやってきても　また　種を蒔くだろう　祖父祖母父母　兄弟姉妹が突然いなくなっても　また種を蒔くだろう　祠に祀り　食べ物を欠かさず供える　死者も　共に生きてこそ　島守《も》る新しい神になる　海に潜り　魚を素手で捕らえ　その身体を頭から丸ごと口に運ぶ　森に行き　獣を石で撃ち殺し　その血を啜り　毛皮まで食べる　生き物は　捨てるところなく　そのまま胃の腑に入る　狩られたものの悲しみ　流した涙も　自分の血肉に変える　海を超えて夥しく流れ着く者　水を飲ませ　食べ物を与える　傷ついた者を癒す　武器を持たず　戦う

意味を知らない　民たち　生きることは　微笑みを保ち続けること　大きく描いた弧の最も高いところから　男は少しずつ　泳ぐように下っていく　遙か西の彼方　海深く　下へ下へと続く石段がある　光の粒が　パチパチ弾ける波を抜けて　男は駆け下りていく　漆黒の闇　さらに暗い穴の中で　民は　身体を寄せ合って　祈る　また太陽《ていだ》が　訪れますように

百花

プロペラが激しく回り　振動が身体全体を震わせる　加
速し　加速し　加速して　操縦桿を引き上げる　首に巻
いた純白のマフラーが風に吹き上げられ　わたしの　冷
たい頬を撫でる　何十　何百という機体が　真っ青な空
に泳ぎ出す　ここから　夢が始まる　わたしは　貧しい
家に生まれた　姉と妹　その真ん中で　たった一人の男
子として　重い荷物を細い両肩に背負い　ずっと　生き

ていくはずだった　法律を学ぶために　奨学金で学校に入り　いつも　一番であることが　わたしのわたしである証だった　故郷の堤　桜並木の枝から　花々が漲り溢れ　甘い香りが　漂っていることだろう　わたしは　眼前に　鮮やかに描き出す　散る　という言葉がある　わたしはいつ花を咲かせたのだろう　雪が　ふうわりふうわり　幾重にも重なり　重なり合って　朝には　家の窓を覆い尽くす　屋根だけが顔を出している　引き戸を開け　一段一段　階段を作り外に出る　春は　うず高く積もった雪の下敷きとなり　わたしたちの心も　重たく閉ざす　お母様が　竈に薪をくべる　煙が　煙突から上がる　一日一日を　少しずつ　大切に刻んでいく　わたしが生まれた日も　そんな何気ない一日の始まりで　お母様は　何事もなかったように　またご飯を炊いた　雪が

溶け始め　地面が顔を出し　長い冬を抜けて　ようやく春がやって来た　そんなささやかな喜びを　お母様や姉妹も味わっている頃だろう　さようなら故郷　さようなら知覧　徐々に温かい風が　機内に入り込んでくる　紺碧から薄い碧へ　そして珊瑚礁が透き通って見える島々が　ポツリポツリ見えてくる　まだ　夢を見る時間はある　狭い地球を飛び出し　宇宙へと向かおう　地球と全く同じ星を探そう　火星には　宇宙人がいるのか　何十億光年先には何があるのか　果てがあるなら　その涯《はて》まで行ってみよう　わたしには夢がある　いつか　きっと叶えられると信じている　真っ青な空の真ん中で　弾け輝く微細な欠片となって　漂い続ける　泣かないで　お母様　みんなが笑顔になれますように　わたしは　ずっとそこにいる

注・「知覧」は鹿児島県南九州市知覧町で、戦時中陸軍航空隊の特攻の基地があり、ここを飛び立った特攻の戦死者は四百名を超える。作家の大城立裕氏にこんな詩を書いてくれないかと言われ書かせていただいた

水都

空に水が溶けて　水に空が溶けて　薄い青　濃い青　透
明な水が　ほのかに青に変わっていくあわい　青から透
明な水になって　幾重にも重なり合い　深さと厚みを増
していく　きみは　青い鰭をはためかせ　飛ぶように泳
いでいく　指の間から　溢れる水が　丸い球となり　下
から上に　列をなして立ち上っていく　丸く口を開けて
きみが笑うと　かすかに水が撓み　渦を巻いて　きみの

身体をくすぐる　きみが夢を見る　きみの見る夢は　極彩色の魚の群れとなって　きみの身体をすっぽり包み込むと　きみの身体が　水に染みこんでいく　臓腑を　顔の大きな魚が　ゆっくり　横切っていく　しあわせはいつでも蘇る　きみは　夢の中でも探し求めている　なくしたもの　亡くした人が　集まる場所　いなくなるのではなく　どこかに　吸い寄せられているのではないかと　世界のあちらこちら　ぽっかり空いた地面の下　風に光りながらそよぐ街路樹の上　唐突に描かれた横断歩道の白線の間　低い瓦屋根の連なる暗い家々の内　分厚いひんぷんの向こう側　何気なく行き過ぎる　空間に茶色の観音開きの扉が現れる　まるで人を焼き尽くす業火の鉄の扉のような　ふうわり扉が開いて　突然運んでいく　人や犬　そこにあったもの　水に流されて　ひ

とかたまりで　なだれ込んでいく　扉から彷徨い出た
人々も　あまねく吸い込まれていく　ところ　行き着く
ところは　もしかしたら　故郷　かもしれない　そこに
行けば　会いたいもの　人に会えるかもしれない　きみ
は　長い夢から目覚める　血管が脈打ち　かなしみで
身体が水の中で　重たく沈みそうになる　鰭を動かし
隅々まで探し回る　きみの母親　きみの父親　きみの兄
弟　きみの犬　どこかにいる　いとしいものに　もう一
度触れるために　その声に　もう一度濡れるために　す
べてをなくした　と思いたくない　すべてを取り戻すた
めに　きみは　生きている　きみの目に溢れる水　その
一粒　一粒　上へ上へと　立ち上っていく　きみの青い
血

さくらホテル

蜜蜂の羽音が一塊となって　空を渡る　木々の間から冷たい風が吹き抜け　ほそほそと生えだした草の細い葉を揺らす　土色の靴が　土に絡めとられ　一歩も前に跳ね上げることもできなくなったころ　森の奥から闇に沈んで　鳥の声ひとつ　聞こえなくなる　陽は　届く限りを照らし　まだ輝く方へ　引きずられていく　今日という一日　気だるい朝を脱いで　ピカピカの車輛に身体を

泳がせる　胸がじんと痛くなるような　希望の種をそっと生み出し　幾度枯らしたことだろう　どうってことないよ　と拳を握り　背筋を伸ばして　そうして何年も何十年も経った　人は　樹木のように幹を太らせることもなく　空洞を抱えて　やがて　刈られることを待っている　闇がすべてをつやつやと包み込み　まるで目隠しをされているように　真っ暗闇に落ちると　頭上で　薄ぼんやり浮かび出るものがある　上の方から徐々に下の方へ　広がりながら　無数の行灯のように　不規則に震えている　足が地面に埋もれて　わたしは　どこにも行くことができない　いつもせわしなく　早足で歩いてきた　スクランブル交差点　A地点からB地点まで　最短のコースを瞬時に選びながら　そうして　また　気だるく家に吸い込まれていく　甘い香りが降りてくる　ぼん

やり輝いているのは　桜の花びららしい　重たげな枝先から　風が吹くたび　花びらが一枚一枚　吹き上げられる　蜜蜂は　どこまで行っただろう　誰も観る人もいない　山の奥で　蕾を膨らませ　花を咲かせ　散っていくそうして　葉を茂らせ　葉を散らし　枯木となって　寒い季節を耐える　桜の木に花が咲く　今年もまた　何千年も　ひっそりと　そんな木もあるだろう　花びらの降る夜　花びらの降り積もりいく臥所《ふしど》で　終わりのない春を旅する　夢を見る

星雨川雪

地球を　身の丈で測ることはできない　一秒ごとに息絶
える生命　きらきらと光を身にまとい生まれ出る生命
その夥しい　涙　大地は　何十億年も動き続けている
目に見えるもの　見えないもの　揺らぎ　滑り　蓄積し
ていく　生き物の骸《むくろ》　天から降るもの　地殻深くから
明るい地表へと　まっすぐ伸びていくもの　堅い地表を
伝い　削っていく　果てしない流れ　太陽を向いて　懐

かしげに　首をもたげていく　草　樹木　設計されたように　寸分の狂いもなく　抉られていく　積み重ねられていく　美しい文様　何万メートルも上から　確認されるものもある　小さな細胞の　奥深く　さらに　さらに奥へと　光を届けると　現れる　ものもある　弾力のある　生命の営み　ただ　連綿と　沈黙したまま　鮮やかな色彩の　重なり合い　溶け合う彼方　過たず　種を保ち続ける　生き物たちのせつなげな　涙　暗い宇宙で整然と回り続ける　ここで生き　ここで息絶えること　銀河を渡り　届けられる　光が　眩しく輝く　大気を漂う水が凍り　とめどなく　降り続ける　ふうわり　ふうわり　木々の　細い枝に積もり　大地を包み込む　また芽を出すまでの　浅い眠り　溶け出して　細い流れとなり　やがて　大きな音を立て　季節を前に押し出してい

く　明日は　もっと拡がっていく　わたしたち　わたしたちの地球　わずかな生命の限りで　見えないものがある　無限のものの　ほんの一掴み　口に含んで　味わってみる　わたしたちの　細胞のさらに　微細なところまで　澄みとおり　春　夏　秋　冬　が芽ぐみ　巡っていく

天のしずく

あるがままに　そこにある　声振り立てて　赤い舌をのぞかせて　笑う　声より先に　涙が零れる　誰に向けることのできない怒りに　肩を震わせる　身体が燃えかすのように　空っぽで　過ぎゆく時間に浮かんでいる　そんなこんなを繰り返し　たった一つの命を　全うするまっすぐに　進むしかないなら　ただ　あるがままに静かに　あらゆるものを受け入れて　受け入れられないも

のも　その身に　さっと包み込んで　かけがえのない人が　なんの別れの挨拶もなく去っていく　喪失感を　愛しいものを片時も離さず　抱きしめるように　なだめている　この世に生まれ出たばかりの　小さな命が　爆音と鉄の嵐に揺さぶられて　生きていく　年老いて　過ぎ去った昔の思い出を　引き出しから取り出しては　微笑み　また　大切にしまい込む　また　の日が　もしあるなら　その日が来るまで　他国の人々の中で　帰ることのできない　故郷を忘れて　働いている　肉親すべてを失っても　身一つで畑を今日も耕している　庭の柿の木から　その日食べるだけの柿をもいでいる　明日命が途切れようと　明後日も生きられようと　あるがままにいつかは必ず終わる　命なら　赤子のように笑って　若者のように憤り　年老いた人のように　皺に涙を溜めて

いる　一人ひとり　違う人生ならば　焦ることも　悔しがることもない　身についた傷が疼き出す夜　あるがままに　その痛みに　打たれている　創り出された優れたものが　個人の生々しさを離れて　すべての人々のものになるように　木陰で休む人々の　心を音楽のように満たす言の葉　天からの　ひとしずくを　待っている

言浜《ことはま》

とめどなく吹き寄せる　とめどなく流れ寄せる　とめどなく波の形に　積み重なる　真っ白い珊瑚の欠片　丸く洗われた　生き物の骨　異国の言葉が刻まれた　プラスチック片　海草がボトルシップのように詰まった壜　漁網の切れ端　片方のスニーカー　世界は　失くしたもので溢れている　「ありのすさびに」　そこに確かに生きていた　何気なく置かれていた　慌ただしく使われてい

たときには　うとましく　煩わしく　なぜそこにあるの
かと思ったりして　失くしてしまうと　初めてわかる
そんなこんなで　溺れそうな日々がある　身を焼くほど
にいとおしく　気づいてさえいればと　すべて過ぎ去っ
て戻らないことに　苛立つこともある　温かい大気の塊
が　身体をかすめて行き過ぎる　いつかそうして佇んで
いたことがあった　わたしであったかもしれないし　わ
たしでなかったかもしれない　抜け殻のようになって
冷たいベッドに身を沈め　明日が果てしなく遠く　目尻
に流れる涙を拭うこともしないで　こみ上げるものだけ
が　傷みを伴って　わたしを包み込む　失くしたものの
空洞に吸い込まれるような　夜を明かし　朝日に射られ
たときもあった　身体を半分に折って　拾い集める　大
海原の彼方から　風にのって吹き寄せる　波にのって流

れ寄せるものたち　どこかにいる　どこかにある　失くしたもの　もう片方　わたしを呼ぶ声がする

注「ありのすさび」・・・『源氏物語』の「桐壷」の巻で桐壷更衣の死に際しての人々の感想。

若夏のころ

たたなずく　石垣を指で触りながら　君が駆けていく
目の中に　赤いものが飛び込んでくる　太い幹の枝の先
から　天を目指して　真っ赤な房のような花が咲いてい
る　長い睫毛を立てて　君が一瞬見つめる　どこまでも
からんと抜けた青空が　赤に映えて　痛いほどに　眩し
い　冷たい海の香りが消えて　いつの間にか　陽の光に
全身を　ジンジンと焼き尽くされている　ふくぎ並木の

陰で　人々が囁いているのが　耳に滑り込んでくる　戦《いくさ》が　海の向こうから　鯨のように　船団を組んでやって来る　人々の声が　一陣の風となって　がじゅまるの葉を揺らす　坂のてっぺんに　旗のように　風に吹かれて立ちつくすと　背中の真ん中を汗が　一筋流れていくいつでも心を凍らせる怖さは　突然やってくる　耳を澄ますと　海原を越えて　戦う人々の叫び声　傷つく人々の泣き声が　聞こえて来るような　気がする　君は耳を両手で塞ぎしゃがみこむ　父は海に出て　魚を獲る　母は　竈に火をおこし　粟を炊くだろう　兄は　畑で種を蒔き　実った作物を　姉が刈り取る　君はまっすぐ立ち上がり　身体をくるり回し　海を見渡す　大きな黒い背中が　ゆうゆうと泳ぎ　その後を　小さな背中が追いかける　背中の真ん中から　潮を吹き　またゆうゆうと遠

くへ去っていく　イルカの群れが現れて　潜り　もつれ合って　ピンピン飛び上がり　幾重にも円を描き　消えていく　君は　熱い風を　胸一杯に吸い込み　腕を振って　石垣にぶつかりそうになりながら駆けていく　バナナの林の横を　さとうきび畑の間をぬって　おじぃとおばぁが　暮らす　家のひんぷんが見えてくる　もつれ込むように　縁側に座る　おじぃ　戦《いくさ》がよぉ　と君が　息をきらして尋ねる　なんでかねえ　とおばぁが笑い　だからよお　とおじぃが　口を曲げる　屋根の上のシーサーも　熱い陽射しに焼かれている

夏物語

鉄の弾が　激しい雨のように叩きつける　一つ一つが残虐な殺人者となって　みさかいなく　柔らかな肉体を追い回す　熱い炎の風は　地面を嘗め回し　踊りながら空に向かって　龍のように駆け上がる　ぬめぬめと光る鱗　熱と火の粉を浴びながら　喉仏を震わせ叫び続ける眼は見開いたまま　生きながら　地獄を見つめる　生きているのか　すでに死んでいるのか　そのあわいを行っ

たり来たり　さとうきびの林をかき分け　ガジュマルの下にうずくまり　幹に背をもたせかける　壕の中から赤ん坊の泣き声が弾け　すぐに銃声が一発　また静かになり　壕の中にも日の丸をつけた敵がいる　たどたどしい日本語で話しかける　異国の人　壕の中から　次々と出て来る　武器をもたない人々の土で汚れた顔　がたがた震える少女　本当の恐怖は　身体が知っている　空からも　地上からも　追われ追われて　身を隠した　壕からも追われ　泥だらけで　夏の熱い陽射しに焼かれている　あれはもしかしたら　わたしだったかもしれないもう少し早く生まれていたら　すべては終わったわけではなく　長い休息があるだけで　すべては忘れ去られたわけではなく　深く深く　人の心に染み渡っている　時間をかけて　ようやく伝わるものもある　忘れないで

あの夏の日　激しい鉄の雨に打たれて　息絶えた人たち
の　声　耳をすませば　まだ聞こえる　わたしの肩も
震え出す恐怖は　まだすぐそこにある　平和は遠い

てぃだかんかん

崖の真ん中に　ぽっかり空いた洞窟　髑髏《どくろ》が海を眺めて
いる　風に吹かれ　雨に洗われ　ただ白い　骨の輪郭だ
けになった身体を　窮屈そうに縮めている　入るべきと
ころは　まだ見つからない　このまま太陽に焼かれ　崖
の岩となるまで　ずっと海を眺めているのだろうか　髑
髏は愛しい　誰かの係累にちがいなく　そうすることが
共に生き続けることで　生まれる前の　生成の素に　還

るまでのこと　髑髏のぽっかり空いた眼窩に　紫の月明かりが差し　瞳のように輝くころ　海の底から　無数の煙が立ち上る　赤や黄　紫の珊瑚の小さな管から　卵が飛び出していく　ひとたび飛び出すと　次から次へと激しく燻されたように　せつなげに　とめどなく　月が水面を輝かせ　温かい海流がゆったりと　珊瑚の身体を震わせる　幾世代も繰り返されてきた　そのとき　わたしたちも　一本の藻となり　漂い始める　暗い海底から一気に飛び出すと　空の向こうに貼りついた雲が　紫にそれから桃色に　輝いて　静かな水面から　炎を滴らせて　太陽が生まれる　太陽の光が夥しく　海面に　地面に　わたしたちに降り注ぎ　ことごとく焼き尽くしていく　マンゴーが太り　ゴーヤーが幾本も生え　サトウキビが伸びていく　バナナの大きな花が咲き　やがて落ち

実をつけていく　生え広がるありとあらゆる植物　丸々
と太り大きくなっていく　ヤモリ　ゴキブリ　蜘蛛　ハ
ブ　ハブクラゲ　生き死にを繰り返し　命を繋いでいく
小さな生きものたち　横たわる地面　陽に叩かれる時
辿り着く岸は　選べない　わたしたち　生命の瞬き

とこなつ

窓から射す光のように　やわやわと照らす　ほんの少しのめくもり　この世に生まれ出たときから　わたしの全身に　降り注がれていたもの　遠く離れて　届かないこともあったかもしれない　母からの便りはいつも「母より」で終わる　そんな言葉が　七十八通で途絶えた　永遠に繋がることのない「母より」を　何ヶ月も待ち続けている　季節は　母の声が聞けたあの頃に　「元気でい

なくっちゃ　帰って来て　ひとりじゃ寂しいでしょう？」
母が言っていた家に　ひっそり帰る　耳を澄ましても
「お帰り」の声は聞こえない　奥の暗闇は　冷え冷えと
固まったままで　「ただいま」を大きな声で響かせる
父が植えたキウイの木には　今年も何百と実り　蜜柑も
たくさん生るだろう　草が生え放題に生えた庭を刈り込
むと　飼い犬の土まみれの小屋が　卒塔婆のように立っ
ている　壊れた高枝鋏が　疲れた人のように横たわる
時間をほんの少し遡れば　みんな元気に動き回り　朝陽
に向かって　尻尾を振りながら吠えている　犬の声や
母を呼ぶ父の声が聞こえて来る　幕が突然降りて　母が
最後に瞼を閉じた瞬間に移動する　幾度も幾度も　蘇ら
せて　母の瞼の裏に　引き込まれそうになる　私の帰り
を「心待ちにしています」　母の便りは　言いたいこと

だけを伝えてくる　ただ　「早く帰って来て」とは　一
度も言わなかった　「遠くにいるんじゃ仕方ないわね」
母も父もいる家を出るとき　ドアを開け　父と母の顔が
縦に並んで　「いってらっしゃい」と笑顔で送ってくれ
た　人は必ず老い　病を得て　一人二人といなくなる
いつかはたった一人になる　ついに来た　その時間は
どれだけ続くのだろう　「またお便りします」　母の便
りは終わらない　一度も返信しなかった　どんなに寂し
かっただろう　「元気でいます」「また帰ります」　便
りを書いている　とこなつの雲に

びぶりお譚

わたしたちは　湿った手のひらを合わせ　迫り来る岩肌の黒々と続く　奥へと　そろそろと　入っていった　生まれ変わるためには　どうしても行かなければならないと　わたしは言った　こっくり首を縦に　あなたは振った　何百年　何千年も前から　すぐそこで　ため息をついて　わたしたちの耳に　言葉を注ぎ込んでいる　様々な色の顔　男　女　老いた人　若者　言葉は　異国のも

ののように　ねばねばと重なり合って　解読の糸目がほどけない　黴臭い臭い　ほんのり温もりが　わたしたちを包み込む　巡りゆく　季節　太陽の昇り　沈みとは遠く離れたところに　むしろ　無縁のところに　二人だから　余計に悲しい　一人なら耐えられることも　二人なら　耐えられない　こともある　手の震えが　わたしたたちの肩を　大きく揺らす　会いに行きたい　と言ったのは　どちら　明るい陽射しを浴びて　わたしは物語を読んでいた　世界は静かに　わたしたちの周りをゆったり動き　この続きは　また明日　と本を閉じた　わたしたちは目を合わせ　何事もなく過ぎた一日に　感謝の微笑みを交わした　試練は　求めなければ　やってこない　明日が遠い　明日も本当は　何が起こるか誰にもわからない　物語に　わたしたちは　入り込んでいた　続

きは何　わたしたちは　読んでいた本のタイトルも　思い出せない　紀元前のアレクサンドリアってどこ　あなたは聞いた　巻物を広げ　長い筆で　無数の人々が写している　物語って何　平安朝の内裏　女たちが髪を耳に挟んで　美しい仮名で写している　狂った人のように言葉を生み出す人　書き写す人　手触りのある　物語は解き放たれた鳥のように　空へと自在に離れていく　激しい炎に焼かれた　夥しい兵の懐に押し込まれ　失われた文字たち　何百年　何千年も離れた　わたしたちのところに届けられた　奇跡　奇跡なのよ　わたしたちの鼓動が激しくなる　続きはどこ　足下から水が溢れ出しわたしたちは手を繋いだまま　仰向けで流されていく

わたしたちは一斉にそよぐ

冷たい蜘蛛の巣に絡め取られて　データベース化された
わたし　切り取られ　探りあてられ　繋がれ　貼り付け
られる　そんな生き方はしてこなかった　そんなものを
生み出したことはない　恥ずかしさが　悲しい佇まいと
なって　立体的な影を一層濃くする　音のない時空を
孫悟空のように　飛び回る　操られ　弾かれて　何度で
も　何度でも　ハイパーテキストの　分厚い芝生で　着

地しては　転がり　また飛び立つ　わたしはもう　わたしたちかもしれない　あるいは　極小の分子　あるいは見えない電子　はたまた　現れては消える　光かもしれない　手を伸ばせば　どこまでも伸びる両手　手先は枝分かれし　地球の裏側を囲むように握る　指をほどいてまた戻ってくる　知らない人が　気まぐれにリンクをはり　わたし　わたしたちは　ますます拡張し　増殖し続ける　モンスターの一員として　デビューする　VRではしゃぐことに疲れた　子どもが　珍しい生き物を見つけたように　身体を向ける　容赦なく　解体し　組み合わせ　好きな色を塗りたくる　懐かしいウルトラマンに近い　ツートンで　VRの海に泳がせる　記憶は一度刻まれると　なかなか脱ぎ去ることができない　失くしたものを　見つけたように　子どもの銀色の羊水の記憶

わたし　わたしたちは　どこまでも旅する　たぶらかされ　いたぶられ　しゃぶり尽くされる　ラムネのようになくなってしまいたくても　なくならない　サーチエンジンの刃から　逃れることはできない　ウェブの熱い息づかい　デジタルアーカイブの森で　あちこち小さな穴を掘り　卵を産みつける　海亀のように　白い涙を流しながら　拡散し　微細になっていく　わたし　わたしたち

ま幸《さき》くあらば

生きながら死んでいる　死にながら生きている　境界があわいものならば　ま幸くあらば　と仮定形で仮止めされる命は　あちら側から照らし出された　消え入る影のようなもの　青くかすむ　大海原の向こう　蓬莱　常世遥か彼方が　とてつもなく　近く感じられる　長い旅を終えて羽を洗う鳥　バシャバシャ　頭をぐるり回して嘴で羽を　ふんわり整える　まっすぐ前を見て　細い足

を掻きながら　水面を滑っていく　何万キロメートルもの旅　人が容易に辿り着けない距離を　一またぎして小さな身体に弾ける命　決して長くは生きられないだろうに　長い短いは　人が決めたもの　永遠も　一瞬も生きるものには無縁だ　ことわりが　少しも通らないのに　ことわりだらけの世の中　理不尽がことわりとなる理不尽　声を荒げて　ことわりの上段から　人をなじる人　顔が醜く歪んで　それならば　ことわりの権力は醜い　見えるはずのないものを見たと言い　見えるものだけを真実にして　大勢の声の届かない暗闇に身を隠し朝日も夕陽も　見ることなく　あたり前の人の暮らしを思い出すこともできなくなって　もはや人ではなくなった人が　人を裁いている　理不尽　つみびと　と呼ばれることの痛みを　やわやわと受けとめて　鬐を揺らし

仰ぎ見る松の枝　柔らかい枝を　くるり結ぶ　伸び出したばかりのしなやかな背中　少年の　真っ黒の瞳が　つやつやと輝き　まだ生きられる　仮定形を両手で抱きとめる　椎の葉に結んだ露のように　思いは　はかなく消えても　あちら側に　ただひたすら歩いていく　振り返ることなく　青々とした首筋を伸ばし　たった一人の旅に出かける　まだ生きられる　影が　足下から消えていく

※「ま幸くあらば」(「幸い無事でいられたなら」の意)は『万葉集』巻二・一四一番の有馬皇子の歌「磐代の浜松が枝を引き結びま幸くあらばまたかへりみむ」を踏まえる。

君の島へ

大鳥が羽を広げ　空を一跨ぎするように　砂埃を舞い上げ　水牛の群れが走り抜けるように　君の帰る島に行こう　南風《ぱいかじ》は　とめどなく吹き寄せ　波は豊かにうねっている　白い砂の水底に　細い網目が浮かび　光りながら輝きながら漂っている　真っ青な魚が一匹　透ける水底をつついては　くるくる腹を支点にして　方向転換している　赤や黄　緑の珊瑚礁が　うねうねと続く　森を形

作る　海底は　まるで悲しみ　苦しみが　絶えず生まれ泡となって　たち上る　丸く口を開けて　命を刻んで生きるものたちが　一瞬で消えても　何を悲しむことがあるだろう　育まれる命と　消え去る命　さとうきび畑が両側に　そよぎながら繁る小道　どこまでも　どこまでも続いて　終わりがないように　思えるころ　海が　遠くに見えてくる　潮騒が風にまみれて　耳をかすめる君の　おじぃ　おばぁが眠る所　南風を　大きな腕を広げるように受け止めた　白い墓の前で　君も重箱のごちそうを　食べた　君が飛び出したかった　島　君が大好きだった　島　帰るたびに　新しい道　家が　生まれる島　君は　永遠の命を得て　帰ってきた　さとうきびを刈る季節に　君の父母　兄弟たちが汗を流し　黙々と作業する　そのすぐそばで　君も微笑みながら　見守るだ

ろう　これから何十年も　何百年も　刈り取られたあとの　葉や幹を　山羊や牛が食べる　道端の草むらから山羊が何か言いたそうに　顔を出す　銃声もしない　兵隊もいない　島　君の　ふるさと

サイレント・チーム

喉を絞って叫び続ける　向こうで　口のないアンドロイドが　機体の残骸を運ぶ　ジープの暑苦しい唸り声が響き渡る　大きなものだけを拾い上げ　あとは目にも入らない　足早に走り去る　サイレント・チーム　浅瀬は無数の金属片で　汚されたまま　あれからまもなく　牧草地に　突然落下した　さらに大きな機体　白い防護服にすっぽり身を包み　危険な燃料を撤去する　サイレント・チーム　そこに生きる人々は　何も知らされず　武器一つ身につけず　小さな拳を振り上げる　これから牛

を放牧してよいのか　悪いのか　牧草地は空き地ではなく　墜落と不時着は別物　埋没文化財は　日本古代の財産　報道を操っているのは誰　真実はいつ明らかにされるのか　サイレント・チームが　温もりのある人々の肌を　見えない鋸で切り刻む　国は　必ず人々を守ってくれるとは限らない　なされるままに　口を開けて見つめている　立ち入ることのできない場所　その外側で人々が　ささやかに食卓を囲む　その頭上を　頭蓋骨を殴るように　爆音を響かせて　何機も何機も　通って行く　早朝からの機銃掃射音　立ち上る煙　深夜の廃弾処理　地面を突き抜ける爆発音　音だけではなく　硬い金属片が落下する　起きたことが　すぐに忘れ去られる日常に　打たれている　なかったことにすることはできない　常識は何一つ通らない　人として　生きているの

に　サイレント・チーム　増殖し続け　手際よく　後処理をし　必要なものだけを　運び去る　これから先も乗組員の無事だけを確認し　任務終了　とするのだろうか　歌うような　滑らかな喉から繰り出される　美しい修辞　何一つ終わっていない　回収されていない歴史まだ続いている　ＯＫＩＮＡＷＡ　の戦い　口のない空からも降ってくる　サイレント・チーム　放置した歳月が　首都圏　日本全土を浸食する

捜す

ごつごつした両手の指を広げて　全部　なんにも　なく
なったと　父は　かすれた小さな声でわたしに言った
新聞のカラー写真　三陸沿岸の波に洗われた航空写真
何度も撫でながら　なんにも　と　父が重い行李を自転
車の後ろに乗せ　回った家々　父を待っていた人々の笑
顔「亡くなった方々」の新聞欄を虫眼鏡で丹念に視て
いた　兄が亡くなった朝　急いで列車に飛び乗った街

切り抜いた新聞記事を　時々出してきては　もしかしたら　また前の町並みに　なってていはしないかと　じっと見つめていた　玄関先で見送ってくれた父が　夜中には静かに息をひきとった　その日の午後はいつものようにわたしの乗った電車が行くのを　草むしりをしながら見ていた　洗濯物を干し　自転車に乗って床屋に行き　髭も剃ってもらった　好きな食べ物をスーパーで買い　洗濯物を取り込んで　母と一緒に夕食を食べ　いつものような夜が訪れ　また　次の朝を迎えるつもりだった　新聞が来るのを玄関先で待ち構え　「亡くなった方々」の欄に目を通す　今年はじゃがいもをたくさん植えたよ　去年は蜜柑が五十個もなった　今年はあの木を植えようそうした日常が　突然断ち切られた　あれが何の木だったのか　小さな庭が　父の王国　草一本生えていなかっ

た　愛犬も眠る庭　たくさんの葱坊主が　茎から離れ
風に飛んでいた　やりたかったことを　やり残して　八
三年の人生を終えた　目を閉じ　堅く口を閉じた父は
こざっぱりとして　皺もなく　きれいな顔をしていた
もう毎日　知り合いを捜さなくていい　草が伸び放題の
庭　剪定されない枝が　縦横無尽に生え広がっている
父の不在

旅の終わり

真綿のような　真っ白い　ふわふわした月を見ていた
わたしたちの顔も　陶器のようにすべすべ輝いて　あな
たの　小さな丸い背中が　揺れて　歌い出しそうにして
いた　そうね　まん丸　わたしが声に出すと　歌の一節
のように　遠くまで響いた　桜の花びらで覆い尽くされ
た河を　二人で渡った　沈みそうになりながら　どこに
行く当てもなく　水が冷たくて　唇が紫に　辿り着く場

所は　どこにでもある　時が来れば必ず　すべて終わるように　あなたが　行きたがっていた　南十字星の見える　小さな島　北へと旅をしていた　わたしたちの　悲しさから　寂しさから　苦しさから　逃れ　逃れて　また　新しい旅を夢見ていた　永遠に続くような　いつか今まで失ったものすべてと　また出会えるような　終わりと始まりが　結び合い　いつまでも　流れ続けていくような　荒れた野を　素足で歩いた　ごつごつした山肌を　野山羊のように軽やかに伝い　泥を撥ねながら道を歩いた　抜けても　抜けても　超えられそうもない　山が立ち塞がって　こんなところで死ぬのはいやだ　とわたしは泣いた　あなたは　微笑みながら　さあ　と厚くて温かい手のひらを差し出した　激しい雨の降り注ぐ草原を　オオカミのように背を低くして駆け　あなたは

瞳を鋭く輝かせ　生きるのよ　と叫んだ　吹雪に行く手を遮られ　そのまま雪に埋もれそうになった　身体の芯が　氷のように冷え　血まみれになっても　大丈夫　と笑った　苦しみから　絶望から　深くて冷たい虚無から逃れ　逃れて　もう　一滴の血も涙も　流れなくなったとき　わたしたちは　また　身を休められる場所に　流されていた　あなたは　ようやく　大きな息をして　長い眠りを貪った　静かに時が　わたしたちの頭上を巡っていく　あなたは　いつの間にか　か細い寝息をたてている　わたしたちが重ねてきた時間が　ほどけていく真っ白い月の彼方　あなたが一人で渡る　銀河の星々が瞬いている

遥か

遥か彼方　何があるのだろう　一四〇〇光年彼方　はくちょう座の方向に　地球によく似た惑星があるらしい岩石が山を作り　水か流れている　太陽よりも遥か何十億年も昔から　宇宙に漂い　私たちのように　仲間を捜し続けているのかもしれない　九年間旅をしたニューホライズンが送ってきた　冥王星の姿は　美しい氷の球体で　さらに遥か彼方へ地球の情報を発信しながら　彷徨

い遠ざかっていく　小さな探査衛星　私たちの夢は　叶えられる日がくるのだろうか　人間を火星に連れて行くミッションが遙か彼方で　厳粛に進められている　一年あまりかけて　人間がカプセルの中で過ごす　揺籃期深い眠りが　宇宙の暗黒に溶けていく　目覚めても　目覚めても　目覚めても　まだ　夢の中のような風景が広がる　人がひたすら戦い続けている　孤独　死んでも帰りたい　故郷　二つの思いを抱えたまま　衛星に乗り込む人がいる　簡単には戻れない　遙か彼方へ　真実はリアルタイムに　鮮やかに差し出されるだろう　私たちのリビングのテレビに　SNSの画面に　夥しく連続的に　その頃　領海・排他的経済水域合わせて　世界第六位の広さの日本近海で発掘される　メタンハイドレート金　銀　銅　亜鉛　鉛　石油　コバルト等　他国の　食

指を拒みながら　敗戦国としての傷も癒えて　資源大国として　悠々と世界を渡り歩いているだろうか　科学・技術は　人間が想像でき　創造できるものを超えて　人工知能が生み出す　人間が創造すらできなかったあらゆるものに　更新され　更新されて　見たこともない　理解もできないものに囲まれて　人間は　絶滅危惧種の一つになっているだろうか　人工知能が　人間の夢の続きを　追うのだろうか　私たちの　柔な肉体　寂しがり屋の精神では　叶えられない　大きな夢を　遙か彼方で

冬を越えて

いくつもの冬を越えて　人は生き続ける　一日中降り続
く雪　屋根も　庭も　畑もすっぽり包まれて　狐　狸
兎の　ふっくらした足跡が　点々と放物線を描き　茶色
のほそほそした枝が　空を向く林に　消えていく　眠る
ように流れる　時間　獣たちも　人も　ただ埋もれるし
かない　雪の下の穴の中で　硬い毛をこすり合って　眼
を閉じる　囲炉裏を囲み　暖め合う　祖父　祖母　父

母　兄弟姉妹　煤で煙る　高い天井のさらに　高い暗闇で　小さな生き物たちが　短い命を刻んでいる　集まり合って　かろうじて　茶碗を満たすことができる　その日　一日を　きれいに折り畳むように　生き　明日また飢えることがないように　刈り取り　春になればきっと種を蒔く　野山を渡る　獣の血と肉と毛を余すところなく　いただく　どうすることもできない　迷いのない生き死にの繰り返し　綿が少しずつ　摘み取られるように天から　落ちてくる　雪　一人ずつ　囲炉裏から消えていく　影　そこに生きていた　今まで笑っていた人の気配を　肌で感じながら　時には話しかけて　温もりを確かめる　幾日も幾月も　そうして　屋根の上に積もりゆく　ものの重さに　ただじっと背中で耐えながら　人が生きることは　耐えること　いくつもの　冬に耐え

厚い雲を切り裂いて　太陽が降り注ぐ　梢に僅かな芽が
吹き　土から青々とした草がまっすぐ生える　春が来る
まで　いくつもの別れに会い　凍えるような　孤独を病
み　涙を流すことも忘れて　待ち望む　思いも枯れた
頃　冷たい背中を　少しずつ暖めていく　羽衣をはため
かせて降り注ぐもの　人も　獣も　小さな生き物たちも
等しく頭を向けて　朝陽を　うるんだ瞳で見つめる

初出一覧

「太陽《てぃだ》の王」　「現代詩手帖」（二〇一六年六月号）
「百花」　「白亜紀」第一四五号（二〇一六年四月）
「水都」　「万河・Banga」第17号（二〇一七年六月）
「さくらホテル」　「万河・Banga」第15号（二〇一六年六月）
「星　雨　川　雪」　「白亜紀」第一四八号（二〇一七年六月）
「天のしずく」　「万河・Banga」第14号（二〇一五年一二月）
「言浜《ことはま》」　「万河・Banga」第16号（二〇一六年一二月）
「若夏のころ」　「白亜紀」第一四六号（二〇一六年一〇月）
「夏物語」　「白亜紀」第一四七号（二〇一七年二月）
「てぃだかんかん」　「白亜紀」第一四二号（二〇一四年一〇月）

「とこなつ」　「白亜紀」第一四九号（二〇一七年一〇月）
「びぶりお譚」　「詩と思想」（二〇一七年一一月号）
「わたしたちは一斉にそよぐ」　「万河・Banga」第18号（二〇一七年一二月）
「ま幸《さき》くあらば」　「万河・Banga」創刊号（二〇〇九年六月）
「君の島へ」　「白亜紀」第一五一号（二〇一八年六月）
「サイレント・チーム」　「万河・Banga」第19号（二〇一八年六月）
「捜す」　「詩と思想」（二〇一一年一〇月号）
「旅の終わり」　「詩と思想」（二〇一六年八月号）
「遥か」　「白亜紀」第一四四号（二〇一五年一〇月）
「冬を超えて」　「白亜紀」第一五〇号（二〇一八年二月）

網谷厚子（あみたに　あつこ）

一九五四年九月一二日　富山県中新川郡上市町生。

詩集に『時という枠の外側に』（国文社・一九七七年）・『洪水のきそうな朝』（思潮社・一九八七年）・『夢占博士』（思潮社・一九九〇年）・『水語り』（思潮社・一九九五年・茨城文学賞）・『万里』（思潮社・二〇〇一年・第一二回日本詩人クラブ新人賞）・『天河譚――サンクチュアリ・アイランド』（思潮社・二〇〇五年）。『新・日本現代詩文庫57　網谷厚子詩集』（土曜美術社出版販売・二〇〇八年）・『瑠璃行』（思潮社・二〇一一年・第三五回山之口貘賞）・『魂魄風』（思潮社・二〇一五年・第四九回小熊秀雄賞）。研究書・解説書・評論集に『平安朝文学の構造と解釈――竹取・うつほ・栄花』（教育出版センター・一九九二年）・『日本語の詩学――遊び、喩、多様なかたち』（土曜美術社出版販売・一九九九年）・『鑑賞茨城の文学――短歌編』（茨城大学五浦文学叢書2・筑波書林・二〇〇三年・日本図書館協会選定図書）・『詩的言語論――JAPANポエムの向かう道』（国文社・二〇一二年・茨城文学賞）・『陽をあびて歩く』（待望社・二〇一八年）他。

「万河・Banga」主宰。「白亜紀」同人。

日本現代詩人会・日本詩人クラブ・日本ペンクラブ・日本文藝家協会会員。

水都《すいと》

著者
網谷厚子《あみたにあつこ》
発行者
小田久郎
発行所
株式会社思潮社
〒一六二―〇八四二　東京都新宿区市谷砂土原町三―十五
電話〇三（三二六七）八一五三（営業）・八一四一（編集）
FAX〇三（三二六七）八一四二
印刷所
三報社印刷株式会社
製本所
小高製本工業株式会社
発行日
二〇一八年八月二十日